Hervé Faye

Application en Hollande d'un nouveau procédé de filtration

Antigonos

Hervé Faye

Application en Hollande d'un nouveau procédé de filtration

Réimpression inchangée de l'édition originale de 1839.

1ère édition 2024 | ISBN: 978-3-38605-741-7

Antigonos Verlag est une marque de Outlook Verlagsgesellschaft mbH.

Verlag (Éditeur): Outlook Verlag GmbH, Zeilweg 44, 60439 Frankfurt, Deutschland
Vertretungsberechtigt (Représentant autorisé): E. Roepke, Zeilweg 44, 60439 Frankfurt, Deutschland
Druck (Imprimerie): Libri Plureos GmbH, Friedensallee 273, 22763 Hamburg, Deutschland

APPLICATION

EN

HOLLANDE

D'UN

NOUVEAU PROCÉDÉ

DE

FILTRATION;

par H. Faye,

ANCIEN ÉLÈVE DE L'ÉCOLE POLYTECHNIQUE.

La Haye,

IMPRIMERIE DE J. ROERING,

1839.

APPLICATION

EN

HOLLANDE

D'UN NOUVEAU PROCÉDÉ

DE

FILTRATION. (*)

Tout le monde est d'accord sur la nécessité de n'employer, pour les usages habituels de la maison et pour certaines industries, que des eaux limpides et salubres. Ce n'est pas en Hollande que l'on contestera la vérité de cette assertion ; on s'y est occupé de ce besoin autant que partout ailleurs ; nous n'en voulons pas d'autres preuves, pour le moment, que le décret du 21 octobre 1811 qui, en ordonnant la construction d'un aqueduc pour procurer à Amsterdam 200 pouces d'eau douce, porte qu'elle devra être parfaitement *limpide* et parfaitement *salubre* (**).

(*) Ce nouveau procédé a été inventé par Mr de Fonvielle ; nous en donnons la description à la page 25.
(**) Voir *Pièces Justificatives* n° 1.

La santé générale est, en effet, fortement intéressée à ce que ces deux conditions soient toujours remplies.

Les eaux de sources et de puits sont presque toujours *limpides*, si non incolores, mais elles sont rarement salubres. Elles contiennent une forte proportion de sels qui ne sont pas sans action sur la santé; elles sont impropres à divers usages domestiques et industriels; enfin, elles ne sont pas aérées; aussi, on les qualifie d'eaux *dures*, *crues*, *lourdes* et l'on attribue à l'usage habituel qu'on en fait dans certains pays, les maladies endémiques qui y règnent.

Les eaux courantes satisfont généralement à la seconde condition: elles ne contiennent que fort peu de sels en dissolution ; elles ne sont point altérées par les phénomènes de végétation et de fermentation qui se produisent spontanément dans les eaux dormantes ; enfin, elles sont *salubres*, mais elles ne sont pas *limpides*. Les matières terreuses qu'elles tiennent en suspension, troublent leur transparence et les rendraient tout-à-fait impropres aux usages domestiques si l'on n'avait trouvé moyen de les clarifier par la filtration.

Mais ce n'est pas assez qu'on puisse clarifier de petites quantités d'eau, comme on sait le faire depuis long-temps; il faut encore que les procédés de filtrage permettent de fournir à la consommation journalière des habitans de toute une ville et que les frais de cette opération soient assez modiques pour que le pauvre puisse jouir de ses bienfaits aussi bien que le riche. Là git toute la difficulté de la filtration des eaux.

Jusqu'à présent on n'avait guères que des filtres propres seulement au service d'une maison ordinaire, mais pas un seul appareil réellement apte à clarifier à bas prix les masses d'eau nécessaires au service régulier d'une ville. Aussi, les Anciens, négligeant les eaux de leurs fleuves, construisaient-ils à grands frais d'immenses aqueducs pour aller au loin chercher l'eau limpide des sources. Aussi a-t-on renoncé, dans les plus riches villes de l'Europe, à donner une complète satisfaction à l'un des premiers besoins de la vie.

Ici, l'on a sacrifié la salubrité à la limpidité. A Vienne, à Berlin, par exemple, on a préféré les eaux des puits à celles du Danube ou de la Sprée. Pourtant, les premières sont indigestes et malsaines, impropres à divers usages importans, contaminées souvent par les infiltrations des égouts et des fosses d'aisance, tandis que les eaux de leurs fleuves, débarrassées de la vase qui les troublent, et clarifiées sont certainement beaucoup plus pures chimiquement et propres à tous les usages.

Là, on a préféré construire à grands frais des citernes pour recueillir l'eau de pluie qui a lavé les toits des maisons ; se condamner à manquer d'eau l'hiver et pendant les sécheresses ; ne boire que de l'eau altérée

par un trop long repos, de l'eau empoisonnée quelque-
fois par le plomb des toits et des conduits, plutôt que
de se servir de l'eau de fleuve que l'on ne sait pas
clarifier en grand.

Dans d'autres pays, surtout en Angleterre, on a
voulu vaincre la difficulté en l'abordant de front. On a
fait de grands essais de filtrage ; on a dépensé plusieurs
millions ; mais les Ingénieurs, chargés de ces travaux,
n'ont pu résoudre le problême qui leur était posé; les
essais n'ont pas réussi, ils sont devenus, au contraire,
la cause de la ruine de plusieurs puissantes Compagnies.
A Londres, sur huit Compagnies qui distribuent l'eau
dans les divers quartiers de cette ville, une seule, celle
de *Chelsea* filtre son eau, mais les procédés de cette
Compagnie entraînent à de si grands frais que toutes les
autres ont répondu, dans une enquête solennelle,
faite devant le Parlement (*), que, si on les obligeait à
filtrer l'eau de la Tamise, leurs prix de vente devaient
inévitablement s'accroître de 15 p. %.

Comment faire, en effet, pour clarifier les masses
d'eau nécessaires à l'alimentation d'une ville, pour
filtrer, par exemple, les cent trente cinq millions de

(*) Ceux qui ont lu l'extrait du Rapport fait, en avril 1828,
à la Chambre des Communes d'Angleterre, sur la distribution des
eaux à Londres, Rapport provoqué par les plaintes élevées contre
la qualité de ces eaux, ont pu remarquer que la filtration de l'eau
avait été signalée comme le moyen de faire cesser la cause de ces
plaintes.

litres que huit grandes Compagnies distribuent tous les jours à Londres , les trente huit millions que réclame par jour la ville de Paris , les cinq millions qui suffi-raient à peine à la ville d'Amsterdam , et pour faire , en outre , sans interruption , ce service quotidien ?

Personne ne proposera d'étendre le système des filtrations particulières. Munir chaque maison d'un filtre pour clarifier l'eau nécessaire à la consommation de ses habitans est chose possible dans les Classes aisées seulement, et la dépense totale supportée en définitive par le pays serait énorme. Ce serait, du reste, absolu-ment comme si l'on proposait de placer dans chaque maison une petite machine à filer et à tisser pour fournir la famille des fils et des étoffes nécessaires.

Divers moyens ont été proposés pour la clarification de l'eau en grand ; ce sont : 1° La clarification de l'eau par le repos dans de vastes bassins construits *ad hoc* ; 2° La clarification par l'alun; 3° Les grands filtres anglais; 4° L'ancienne filtration d'une partie des eaux de Paris ; 5° Quelques inventions anglaises et françaises sans application jusqu'ici ; 6° Les procédés de Mr de Bruin d'Amsterdam , et 7° Enfin , le système de Mr Henri de Fonvielle que l'on applique maintenant en France sur une large échelle et qui a résolu d'une manière com-plète et simple la question que nous agitons.

Nous croyons qu'il est aussi important pour la Hollande que pour tout autre pays de profiter des innovations que l'état des choses réclame depuis si longtemps. Nous examinerons donc ces divers systêmes; nous en discuterons la valeur afin d'éclairer le Public et les Autorités sur un choix aussi important.

Nous nous aiderons, dans cet examen, du Rapport que Mr Arago a fait à *l'Académie des Sciences* sur la question de la filtration en grand. Les personnes qui s'occupent habituellement de Sciences et d'Industrie savent que l'autorité de ce Savant est d'un grand poids; sa réputation européenne nous est un sûr garant qu'elle ne sera par contestée en Hollande. Nous renvoyons, du reste, ceux qui voudraient de plus amples renseignemens sur ces matières, au Rapport lui-même, où Mr Arago a fait en quelques pages un Traité complet de filtrage.

CLARIFICATION PAR LE REPOS.

Ce moyen est certainement le plus simple de tous ceux que nous avons énumérés. On sait que les poussières que l'on a mêlées à l'eau s'en séparent peu à peu pourvu qu'on laisse le liquide en repos, et se précipitent au fond du vase si leur pesanteur spécifique est supérieure à celle de l'eau. On sait aussi que les plus grosses particules descendent plus vite que les fines; c'est même sur cette différence qu'est fondé le procédé bien connu pour la séparation de certaines poudres en divers degrés de finesse, opération trop délicate

pour qu'elle puisse être confiée au tamisage même le mieux gradué. On peut remarquer à ce propos que la poudre fine d'émeri, substance extrêmement dense, reste plusieurs heures pour descendre au fonds de quelques pieds d'eau. La vase qui trouble l'eau des fleuves a une pesanteur spécifique bien moindre que celle de l'émeri, et elle est tout aussi divisible en fines molécules ; aussi, elle ne se sépare de l'eau qu'au bout d'un temps beaucoup plus long. « On peut déduire des expé-
» riences très-intéressantes et des calculs faits à Bordeaux
» par M. Leupold, qu'après dix jours de repos absolu,
» l'eau de la Garonne, prise en temps de crue ou de
» *souberne*, ne serait pas encore revenue à sa limpidité
» naturelle. Au commencement, il est vrai, les plus
» grosses matières se précipitent très-vite, mais les plus
» fines descendent avec une lenteur désolante.

» Le repos ne pourrait donc pas être adopté comme
» méthode définitive de clarification des eaux destinées
» à l'alimentation d'une grande ville. Qui ne voit, en
» effet, qu'il ne faudrait pas moins de 8 à 10 bassins
» séparés ayant chacun assez de capacité pour con-
» tenir toute l'eau nécessaire à la consommation d'un
» jour ?»(*) Par exemple, s'il s'agissait de clarifier ainsi les 200 pouces de fontainiers, ou les 42,000 hectolitres par jour que réclament les besoins de la ville d'Amsterdam, il faudrait faire construire un certain nombre de bassins, cimentés soigneusement comme les citernes, afin

(*) Extrait du Rapport fait par M. Arago à l'Académie des Sciences, le 14 août 1837.

de les mettre à l'abri des infiltrations du sol, et tous capables de contenir 42,000 hectolitres. En leur donnant 1 mètre de profondeur, leur surface devra être de 4,200 mètres quarrés, c'est-à-dire assez près d'un demi-hectare, en sorte que s'ils avaient la forme carrée, leurs côtés devraient être chacun de 65 mètres de longueur. Enfin, pour éviter l'envasement de ces vastes réservoirs, et l'altération qui en résulterait pour l'eau qu'on y ferait séjourner, il faudrait les nettoyer fréquemment. Nous laissons à penser combien la dépense serait énorme pour mener à bonne fin une pareille entreprise.

« Ajoutons que dans certaines localités, et surtout » dans certaines saisons, des eaux exposées en plein » air et qui resteraient immobiles, stagnantes, pendant » huit à dix jours consécutifs, contracteraient un mau» vais goût, soit à cause de la putréfaction des insectes » sans nombre qui y tomberaient de l'athmosphère, » soit à cause des phénomènes de végétation dont leur » surface deviendrait le siége.

» Le repos de l'eau peut, toutefois être considéré » comme un moyen de la débarasser de tout ce qu'elle » renferme en suspension de plus lourd, de plus gros» sier. C'est sous ce point de vue seulement que des » bassins, que des récipiens de dépôt ont été préconisés » et établis en Angleterre et en France. » (*)

(*) Rapport précité.

CLARIFICATION PAR L'ALUN.

On assure que les substances amères et astringentes ont la propriété de précipiter des eaux les matières terreuses qui y sont tenues soit en suspension, soit en dissolution par les acides. On a même expliqué de la sorte l'impropriété aux opérations de la teinturerie qui caractérise les eaux coulant sur des terrains calcaires. Suivant Habich, 1 partie de chaux et 2 d'alun mêlées à l'eau très-sale dans la proportion de 1 à 1000 suffisent pour la clarifier. Le limon combiné avec ce sel s'agglomère en stries longues, épaisses qui se déposent très-promptement. Après une nuit de contact l'opération est terminée ; et l'alun ne se retrouve plus dans le liquide. Sans entrer tout d'abord dans la discussion de la valeur de ce procédé, examinons en premier lieu s'il peut être appliqué sur une grande échelle. Pour 42,000 hectolitres par jour, il faudra d'abord un bassin capable de contenir cette masse d'eau, parce que l'opération doit durer un certain temps pour que la réaction chimique se fasse et que la précipitation aie lieu ; puis, en admettant que la proportion convenable à l'eau du Vecht, par exemple, soit de 1 à 10,000 (au lieu de 1 à 1000 correspondent à de l'eau très sale), il faudra pour 4,200,000 litres ou Kilogrammes d'eau, employer 420 Kilogrammes d'alun pulvérisé, ce qui donne une consommation annuelle de 150,000 Kilog. d'alun. Sans parler des frais quotidiens de manipulation et de nettoyage du bassin où s'est opéré la précipitation, nous sommes déjà autorisés à déclarer ce procédé inapplicable en grand. « Il paraît,

» en outre, que certaines matières fines échappent à
» l'action de ce sel, restent en suspension dans le liquide
» et le rendent encore louche quand toutes les stries ont
» disparu, en sorte qu'il aurait encore besoin d'une
» filtration ordinaire pour le rendre parfaitement lim-
» pide.

» Ce qui forme, au reste, contre ce procédé, une
» objection plus sérieuse, c'est qu'il altère la pureté
» chimique de l'eau de rivière, c'est qu'il y introduit
» un sel qu'elle ne contenait pas, c'est qu'en supposant
» ce sel entièrement inactif dans de certaines propor-
» tions, les consommateurs peuvent craindre qu'un
» jour, sur 100, sur 200, sur 1000, si l'on veut, ces
» proportions soient notablement dépassées (*); car il
» suffirait pour cela de la négligence, de l'erreur d'un
» ouvrier. L'un de nous, dit Mr Arago, (le Rapporteur
» de la Commission) parlait un jour de l'alunage de
» l'eau à un Ingénieur anglais qu'une longue habitude
» avait mis fort au courant des préoccupations du
» public, et qui se lamentait devant lui de l'imperfec-
» tion actuelle des moyens de clarification: Ah! que

(*) Il est d'ailleurs incontestable que la quantité de limon
qu'une rivière charrie peut varier d'un jour à l'autre. La dose
d'alun qui convient un jour devra donc être augmentée ou dimi-
nuée le lendemain. Voilà une source continuelle d'erreurs qui
peuvent être préjudiciables à la santé publique; car, de même
qu'il faut une certaine quantité d'alun pour précipiter la vase
contenue dans l'eau, de même aussi il faut une certaine quantité
de vase pour annuler l'alun dont l'excédant resterait nécessairement
en dissolution dans l'eau.

» me proposez-vous, répondit-il sur-le-champ ; *l'eau,*
» *comme la femme de César, doit être à l'abri du*
» *soupçon.* »

« Voilà sous une forme peut-être singulière, mais
» vraie, la condamnation définitive de tout moyen de
» clarification qui introduira dans l'eau de rivière quelque
» nouvelle substance dont elle était d'abord chimique-
» ment dépourvue. Voilà pourquoi les tentatives les
» plus récentes des Ingénieurs se sont toutes dirigées
» vers l'emploi de matières inertes ou qui, du moins,
» ne peuvent rien céder à l'eau. Ces matières sont du
» gravier plus ou moins gros, du sable plus ou moins
» fin, et du charbon pilé (*).

FILTRATION.

Les filtres composés de poussières inertes ou de
pierres poreuses sont de véritables tamis qui laissent
passer les molécules les plus fines, celles de l'eau, et
qui retiennent la vase dont les molécules ont des
dimensions plus fortes. Les eaux de sources et de puits
se trouvent naturellement filtrées par leur trajet à
travers des bancs de sable ; mais si leur limpidité est
parfaite, il n'en est pas de même de leur salubrité :
presque toujours elles contiennent des matières dis-
soutes dont la nature chimique change avec la consti-
tution géologique du pays et la nature des roches
qu'elles rencontrent. Pour éviter ce grave inconvénient,

(*) Rapport précité.

il ne faut employer dans la construction des filtres artificiels que des substances dénuées de toute action chimique qui ne puissent agir que mécaniquement, pour ainsi dire. Les matières employées le plus souvent sont le sable, le grés et le charbon. Nous allons décrire et examiner, en suivant l'ordre historique, les divers procédés de filtrage que l'on a successivement proposés. Nous les diviserons en deux catégories; la première, comprendra les filtres ouverts fonctionnant sous une faible pression; et la seconde, les filtres en vases clos et à haute pression.

FILTRES OUVERTS, A BASSE PRESSION.

Presque tous les filtres domestiques peuvent être rangés dans cette catégorie; leurs formes ont été variées à l'infini, mais elles peuvent se ramener en principe à celle que nous allons décrire, la seule qui ait été employée un peu en grand, la plus ancienne et la plus simple à la fois. Le filtre dont nous voulons parler n'est autre chose qu'une caisse carrée, doublée en plomb, ouverte par le haut, et contenant à sa partie inférieure une couche de charbon comprise entre deux couches de sable. C'est dans cette caisse que l'on verse l'eau sale. La pression que cette petite colonne d'eau exerce sur le fond de la caisse détermine les molécules liquides à traverser les méats capillaires de la couche filtrante; les particules terreuses suspendues au milieu d'elles étant de trop fortes dimensions pour passer dans ces petits canaux sinueux s'arrêtent à leur origine. L'eau ainsi filtrée s'écoule peu à peu dans une cavité ménagée au bas de la caisse d'où elle peut sortir par un robinet de décharge. Au bout d'un certain temps, la vase, arrêtée par le filtre, bouche les issues qu'il offre à l'eau, et la filtration se trouve ralentie ; elle finirait même par cesser tout-à-fait. Quand on s'aperçoit que le filtre devient paresseux, il faut procéder au nettoiement : on enlève la première couche de sable, celle qui est le plus fortement salie par le sédiment et on la remplace par du sable neuf ; plus tard, on devra renouveler toute la masse filtrante. Quand les eaux sont très-sales, on est obligé de répéter ces manipulations tous les jours et même deux fois par jour.

Quand on donne à la caisse carrée un mètre de côté, alors la surface filtrante présente une étendue de 1 mètre quarré. Elle filtrera environ 2 litres par minute, soit 30 hectolitres par 24 heures. Calculons d'après ces chiffres connus, le nombre des caisses nécessaires pour filtrer 42,000 hectolitres par 24 heures ; nous trouverons qu'il n'en faudrait pas moins de 1400, offrant ensemble une surface filtrante de 1400 mètres quarrés. Ce nombre n'est certes pas exagéré puisque l'établissement de la *Boule-Rouge* à Paris, où ce procédé est appliqué, emploie 34 mètres quarrés de surface filtrante pour clarifier de 900 à 1150 hectolitres d'eau.

On voit par là que ce genre d'appareil, excellent pour filtrer de petites quantités d'eau, est inapplicable sur une grande échelle. Ajoutons qu'il faudrait augmenter ce nombre déjà si fort, de 300 caisses de réserve, au moins, pour remplacer celles qui seront en chômage et en réparation, et faire entrer en ligne de compte la main-d'œuvre journalière qu'exige le nettoyage de ces appareils.

Il y a une manière plus avantageuse d'employer ce systême si simple de filtrage. On peut, en effet, remplacer ces 1700 appareils par un seul grand filtre qui présenterait la même surface que toutes ces caisses réunies. C'est ce que l'on a fait en Angleterre sur de plus grandes proportions encore, en combinant la filtration avec le procédé que nous avons indiqué en premier lieu : le repos dans de vastes bassins. Mais l'enquête que le Parlement a faite sur cette question, dans les derniers temps, a prouvé que ce moyen était trop onéreux pour qu'on pût l'imposer aux Compagnies hydrauliciennes de Londres. Par conséquent, nous regarderons la question comme jugée, et nous passerons à l'examen des filtres de la 2ème catégorie.

FILTRATION EN VASES CLOS ET A HAUTE PRESSION.

Les filtres que nous allons d'abord passer en revue sont ceux de l'Anglais Peacock, du Médecin français

Soller, et du Hollandais, Mr de Bruin. Ils sont fondés tous les trois sur un emploi mieux entendu de la pression ; et quoiqu'ils n'aient pas eu pour but (du moins les deux premiers), de faire fonctionner leurs machines sous une pression beaucoup plus considérable que celle dont nous venons de parler, comme il suffit pourtant à la rigueur d'en renforcer les parties faibles, d'augmenter certaines dimensions pour arriver à la filtration à haute pression, nous les rangerons dans cette seconde catégorie.

Ajoutons encore que nous ne parlons des deux premiers que pour faire mention de la série des perfectionnemens qui se sont succédé dans cette industrie ; car nous ne croyons pas qu'il puisse venir à l'idée de personne de les appliquer sur une grande échelle.

Filtre Peacock. — Le réservoir d'eau sale se trouve séparé du filtre (couches superposées de sable et de verre pilé) qui est contenu dans une caisse particulière fermée hermétiquement. Le tuyau destiné à conduire l'eau fait communiquer ce réservoir avec la partie inférieure de la caisse filtrante, et comme celle-ci est placée à quelques pieds au-dessous du réservoir, il y a pression due à l'élévation du niveau de l'eau sale, par conséquent, l'eau doit traverser le filtre de bas en haut avec plus ou moins de rapidité et déposer son limon dans les couches inférieures. Dans le haut de la caisse, se trouve un robinet de décharge pour l'eau filtrée. Qu'on veuille bien remarquer cette disposition et surtout la marche ascendante de l'eau à travers les couches filtrantes ; elle était commandée à l'Inventeur par la nécessité de nettoyer son appareil sans le démonter à chaque instant, ce qui aurait rendu son invention absurde. Mr Peacock espérait faire le nettoiement par la marche rétrograde de l'eau filtrée engagée dans la masse du filtre ou accumulée au-dessus. Il suffit, pour opérer ce mouvement de fermer le robinet du tuyau par lequel arrive l'eau sale et celui par lequel se déverse l'eau filtrée, et d'ouvrir un troisième robinet placé au bas de l'appareil pour laisser passer l'eau, contenue dans le filtre, qui, soustraite dès lors à la pression de l'eau du réservoir, redescend par l'effet de son propre poids à travers les couches filtrantes en entraînant le limon qui s'y trouve déposé.

Ce moyen est insuffisant, et l'Inventeur le reconnut lui-même, car, dans une patente prise, en 1799 (la première date de 1791), il emploie une pompe foulante adaptée à l'appareil, alimentée avec de l'eau préalablement filtrée et destinée à produire avec plus de force ce courant rétrograde qui devait enlever le limon par lequel les couches inférieures de son filtre sont engorgées. Malgré ce perfectionnement, ou, si l'on veut, cette complication, le filtre Peacock ne fut guères employé en Angleterre, et il n'en a jamais été question pour les grandes filtrations.

Filtre Soller. — Mr Soller, médecin français, a obtenu, en 1816, un brevet pour un système semblable. Le réservoir est séparé du filtre; celui-ci se compose de gravier et de sable fin disposés par couches horizontales dans une cuve cylindrique et comprises entre deux diaphragmes percés de petits trous. L'eau sale arrive par un tuyau dans le bas de la cuve, remonte, en vertu de la pression, à travers ses couches filtrantes, jusque dans le haut de la cuve d'où elle sort par un robinet de décharge. Jusqu'ici point de perfectionnement; tout ce que nous venons de dire appartient au filtre précédent. L'invention véritablement propre à Mr Soller consiste dans son procédé de nettoyage; il n'emploie plus l'eau filtrée pour cette opération, mais l'eau sale elle-même qui, au lieu de traverser le filtre en remontant, s'écoule rapidement lorsqu'on ouvre un robinet placé au bas du cylindre, et entraîne dans son courant à travers les dernières couches de sable les saletés qui y sont accumulées. Quelque soit l'imperfection de ce mécanisme, constatons-y cependant les germes de deux perfectionnemens : d'abord, Mr Soller se sert pour nettoyer son appareil de la pression même qui opère la filtration et non d'une pression artificielle comme Mr Peacock ; ensuite, il emploie l'eau sale au lieu de l'eau filtrée que l'Inventeur anglais avait cru nécessaire.

Filtre de Bruin. — Mr de Bruin d'Amsterdam a obtenu, en 1828, un brevet pour un filtre analogue aux deux précédens ; la durée de ce brevet a été prolongée jusqu'en 1838 ; maintenant, il est tombé dans le domaine public, en sorte que nous pouvons en examiner la valeur aussi librement que celle des deux patentes précédentes.

Dans ce brevet on trouve d'abord , comme dans les deux autres , que le réservoir est séparé du filtre et placé à quelques pieds au-dessus. Ce filtre est composé de couches superposées de sable , de charbon et d'ardoises pilées , comprises entre deux diaphragmes percés de trous et garnis de flanelle pour retenir la poussière de charbon ; ces couches sont placées dans une cuve cylindrique hermétiquement close. Voici maintenant en quoi cet appareil diffère des précédens : la hauteur du réservoir au-dessus de la cuve est plus forte (55 pouces), le tuyau par lequel arrive l'eau sale n'aboutit pas au bas de la cuve, mais à la partie supérieure, en sorte que la filtration ne se fait plus par ascension , mais bien par descente comme dans les anciens filtres. Enfin , Mr de Bruin a jugé qu'une seule cuve filtrante ne suffirait pas ; il en emploie trois. A l'aide d'un tuyau de communication , la seconde cuve reçoit à sa partie supérieure l'eau qui a traversé la couche poreuse de la première ; la troisième cuve reçoit de même l'eau filtrée par la seconde, et ne la laisse sortir par le robinet de décharge placé au bas qu'après lui avoir fait subir une troisième filtration.

Cette idée est ingénieuse ; elle prouve que Mr de Bruin avait remarqué que la pression se transmet à travers les tuyaux capillaires d'une couche filtrante , en sorte que l'eau qui a traversé un filtre peut encore en traverser un second, un troisième, et même, un quatrième, pourvu que les filtres soient contenus dans des vases hermétiquement fermés et communiquant simplement par des tuyaux.

Mais le brevet de Mr de Bruin ne contient pas un seul mot relatif au nettoiement de sa machine ; aucune disposition n'y est faite dans ce but ; il ne paraît pas même en avoir soupçonné la nécessité, si bien sentie par Peacock. Sans doute, il aura pensé qu'il était suffisant qu'on renvoyât la machine à ses ateliers pour y être ouverte et nettoyée ; mais alors, c'est perdre tout l'avantage de l'emploi d'une plus forte pression et d'une filtration plus rapide. C'est condamner son invention à une absolue stérilité pour ce qui est du moins de la filtration sur une grande échelle.

Nous reviendrons plus loin sur ce système. Actuellement, il est temps d'expliquer ce que nous entendons par *filtration à haute pression.*

L'ancien filtre n'est autre chose avons-nous dit, qu'une caisse prismatique dont le fond est garni d'une couche filtrante. Supposons que ce fond soit un carré de 1 mètre de côté, et que la hauteur de l'eau dans la caisse soit de $0^m,5$, la pression exercée sur la surface filtrante sera de 500 kilog. C'est sous l'influence de cette pression que l'eau traversera le filtre ; et il est évident que la filtration se fera moins rapidement à mesure que le niveau de l'eau s'abaissera, parce que la pression

diminuera en même temps. Réciproquement pour augmenter la rapidité de la filtration, il suffit d'augmenter
cette pression. Je suppose qu'on veuille la porter de
500 kilog. à 10,000 kilog., il faudra pour cela augmenter
la hauteur de la colonne d'eau dans le rapport de 1 à
20, c'est-à-dire donner une hauteur de 10 mètres à cette
caisse au lieu de $0^m, 5$ et la tenir toujours pleine. Or,
n'est-ce pas une chose absurde, au point de vue industriel et économique, qu'une caisse de 10 mètres de hauteur dont les parois de 40 mètres quarrés de surface
devraient avoir une épaisseur et une force nécessaire
pour résister à une pression de 200,000 kilog., le tout
afin de produire sur le fond une pression de 10,000 kil.
Mieux vaudrait certes renoncer à la filtration à haute
pression, et construire 20 petites caisses semblables à
la première.

Mais l'application d'un principe bien connu en
Physique simplifie beaucoup la question. Cette loi consiste en ce que la pression en un point donné d'un
vase rempli d'eau ne dépend pas de la forme de ce vase
mais seulement de la hauteur de la surface libre de
l'eau au-dessus de ce point. Cette loi, désignée autre-
fois sous le nom de Paradoxe hydrostatique, a engen-
dré une foule d'applications importantes, telles que
la presse hydraulique. C'est elle encore qui aujour-
d'hui nous donne le moyen de filtrer à l'aide d'une pression considérable. Séparez, en effet, le réservoir du
filtre comme l'a fait Peacock, élevez le réservoir à la
hauteur de 10 mètres en le faisant communiquer par

un tuyau non capillaire avec le filtre placé dans une caisse solide hermétiquement fermée, et vous aurez une solution applicable du problême de la filtration à haute pression. En effet, en vertu du principe que nous venons d'énoncer, quand même tout l'appareil ne contiendrait pas 20 litres d'eau, la surface filtrante supportera la pression voulue de 10,000 kil. tout aussi bien que lorsqu'elle était la base directe d'un prisme d'eau du poids effectif de 10,000 kilogr.

Mr de Bruin a compris la portée de cette application, car nous lisons dans *l'Avondbode*, du 29 juin 1839 (*), qu'il a construit des machines fonctionnant sous une pression de 34 pieds (11 mètres environ) et filtrant 600 hectolitres en 12 heures, soit 1200 hectol. en 24 heures. Ces machines sont semblables à celles qu'il avait décrites dans son brevet; seulement, il en a augmenté les dimensions, la hauteur du réservoir, et l'eau, pour être complètement clarifiée doit traverser 4 cuves au lieu de trois. Ces évaluations nous permettent d'examiner comment ce système pourrait être appliqué à la filtration des eaux nécessaires à la consommation d'une grande ville comme Amsterdam que nous avons pris jusqu'ici pour terme de comparaison. Pour filtrer 200 pouces de fontainier, c'est-à-dire 42,000 hectolitres par 24 heures, Mr de Bruin devrait employer 35 machines semblables à celles que décrit *l'Avondbode*; c'est-à-dire, le réservoir devra être élevé de 34 pieds, soit environ 11 mètres, au-dessus des cuves filtrantes, et chaque machine devra être composée de 4 cuves; par conséquent, Mr de Bruin pourra remplacer les 1400 cuves que nous avons jugées nécessaires dans l'ancien systême (page 13) par 4 fois 35 ou 140 cuves, dont chacune serait du reste bien supérieure en prix à celles de l'ancien systême. Le problême se trouve donc ainsi résolu, quant à la quantité d'eau filtrée.

Mais la question de filtrage à haute pression n'est pas si simple; elle est compliquée d'une difficulté que Mr de Bruin n'est pas en mesure de vaincre. Expliquons nous:

Après les fortes pluies, lorsque les eaux sont très-sales, un filtre ouvert a besoin d'être nettoyé deux foïs par jour; en temps ordinaire, il faut encore le nettoyer bien souvent, parce que le limon que l'eau y dépose obstrue les méats capillaires qu'elle doit traverser, et finit par les fermer tout-à-fait. Cependant, ces filtres ne donnent que 30 hectolitres par 24 heures. N'est-il pas évident que la machine de Mr de Bruin, qui filtre 40 fois plus d'eau dans le même temps, devra aussi retenir 40 fois plus de limon? Aussi, au bout d'un certain temps, il sera facile de s'apercevoir que le filtre s'est engorgé; il devient paresseux, il finit même par ne plus donner que quelques gouttes d'eau lorsque la vase accumulée dans les couches filtrantes en aura bouché tous les passages. Que fera alors Mr de Bruin? Il sera forcé de faire rapporter à ses ateliers l'appareil engorgé, de le démonter péniblement, et d'en renouveler les matières filtrantes hors de service. Cette opération est bien plus compliquée que celle du nettoiement des filtres à basse pression. Pour ceux-ci, en effet, qui sont et qui restent ouverts, il suffit de râtisser la première couche de sable fortement salie par le sédiment et de le remplacer par du sable neuf. Quant aux couches inférieures, elles ne contiennent que peu de vase à cause de la faiblesse de la pression, en sorte qu'elles n'ont pas besoin d'être aussi souvent renouvelées. Ceux de Mr de Bruin, fonctionnant sous une pression considérable, doivent être hermétiquement et solidement fermés ; leur construction est bien plus compliquée, en sorte que le nettoiement doit aussi être plus difficile. Il est vrai que son filtre n'a pas besoin d'être nettoyé aussi souvent que les filtres ordinaires, quoiqu'il retienne beaucoup plus de limon, et voici pourquoi: Les filtres ordinaires, marchant sous une faible pression, n'agissent guères que par leur surface ; la vase y pénètre à peine, tandis que sous l'action d'une pression considérable, elle doit s'y enfoncer profondément, se disséminer dans un plus grand espace, et, de cette façon, en altérer moins rapidement la perméabilité. Mais aussi, chaque fois que le filtre est engorgé, il ne suffit plus de racler les couches supérieures ; la masse filtrante toute entière est salie, il faut tout enlever, tout remplacer.

Nous ne voyons rien dans le brevet ni dans la machine de Mr de Bruin qui puisse nous faire supposer qu'il ait tenté de remédier à ce vice capital. Disons-le aussi, lors même que Mr de Bruin aurait trouvé, comme Peacock, le moyen de faire traverser ses 4 cuves en sens contraire du sens de la filtration par un fort courant d'eau, il n'aurait pas réussi à les nettoyer; il faut des moyens plus énergiques pour les filtres à haute pression. Nous avons vu à Paris un filtre ne pouvoir être nettoyé par un courant inverse dû à l'énorme pression de 10 athmosphères. Peacock, du reste, avait si bien senti cette difficulté qu'il avait adopté une pompe foulante à sa machine, nous l'avons déjà dit, dans le seul but de produire un fort courant d'eau pour nettoyer son filtre qui ne marchait cependant que sous une faible pression de quelques pieds.

C'est là l'écueil de la filtration à haute pression; d'une part, démonter les appareils lorsqu'ils sont engorgés pour en renouveler les matières, c'est s'interdire la filtration continue sur une grande échelle; d'autre part, tenter de nettoyer sans démonter la machine par un courant d'eau en sens inverse du sens de la filtration, comme on fait en Angleterre pour de faibles pressions, c'est s'exposer à une défaite assurée.

La filtration à haute pression ne donnera donc de véritables avantages que lorsqu'un mode de nettoiement d'une efficacité certaine pourra éviter les remaniemens et les démontages, d'autant plus coûteux que la pression est plus forte, parce que les machines sont alors d'une construction plus compliquée et plus solide.

Passons maintenant à l'examen du système Fonvielle qui est éminemment un système à haute pression, **et** qui résout de la manière la plus simple et la plus complète la difficulté que nous venons d'indiquer.

Filtre Fonvielle. — L'inventeur, Mr Henri de Fonvielle, s'occupait du filtrage des eaux depuis 1823 ; ce fut en 1836 qu'il fit sa découverte. Il la proposa à l'Administration de la ville de Paris qui, avant de l'adopter en déféra l'examen à l'Académie des Sciences. L'Académie, ayant délégué à cet effet une Commission spéciale, MM. Arago, Gay-Lussac, Magendie et Robiquet, qui formaient cette Commission, se livrèrent pendant 6 mois à des expériences suivies sur le filtre de Mr de Fonvielle, placé dans le principal hôpital de Paris. Enfin, l'Académie, après avoir entendu le Rapporteur de la Commission, Mr Arago, déclara solennellement et à l'unanimité que le problème du filtrage des eaux en grand était résolu par ce nouveau procédé. Le Conseil de Salubrité de la ville de Paris, pareillement consulté, a émis un avis tout aussi approbatif (*) ; enfin, des capitalistes, après avoir examiné eux-mêmes la question sous le rapport financier et industriel, ont fondé une Société en commandite (*Compagnie Française de Filtrage*) pour exploiter en France ces nouveaux procédés dont la propriété exclusive leur était garantie par l'acquisition du brevet pris tout d'abord par Mr de Fonvielle. Au reste, des brevets d'importation ont

(*) Voir *Pièces Justificatives* n° 3.

été pris dans plusieurs pays, et notamment dans le Royaume des Pays-Bas.

Nous avons pensé qu'un dessin était nécessaire pour l'intelligence complète de l'examen détaillé que nous allons faire de cette invention importante; celui que nous avons placé à la fin de cette Brochure représente la coupe verticale de l'appareil Fonvielle. Voici la légende de ce dessin:

A. Réservoir pour l'eau trouble qu'il s'agit de filtrer.

C. Tuyau qui conduit cette eau jusqu'à l'appareil placé plus bas.

D. Tuyau par lequel l'eau filtrée est déversée dans un réservoir particulier B.

Ces deux tuyaux communiquent avec la machine à filtrer au moyen des robinets R , R′, R″, R‴, r , r′, r″, r‴.

N, est un robinet qui sert au nettoiement de l'appareil.

Les parties recouvertes de hachûres et désignées par les lettres F, F, E, E, représentent la section verticale d'une cuve (en bois) en forme de tronc de cône.

f, f′, f″,.... Faux-fonds (en bois) percés d'une infinité de petits trous.

C'est entre ces faux-fonds que se trouvent comprises les matières filtrantes ; celles-ci sont placées par couches horizontales et fortement tassées avec une lourde batte. Le filtre n° 1 compris entre les faux-fonds f et f' se compose de cinq couches bien distinctes 3, 2, 1, 2, 3 ; les deux couches extrêmes 3 et 3 sont formées de gros sable de rivière bien tamisé ; les grains doivent être d'une grosseur telle qu'ils ne puissent passer par les petits trous des faux-fonds sur lesquels reposent ces couches. Les couches 2, 2, sont composées de sable plus fin ; la couche du milieu 1 est formée de grés pulvérisé. Le but principal de cette disposition est de donner aux filtres assez de solidité pour qu'ils puissent résister aux courans rapides qui doivent les traverser, et pour empêcher le sable et surtout le grés de se disséminer dans la masse liquide. Le filtre n° 2 et le filtre n° 3 ont la même composition.

a, b, c, d, sont des intervalles vides ménagés entre les faux-fonds ; c'est là que se rassemblent les eaux qui viennent du réservoir et celles qui sortent des filtres.

Expliquons maintenant la marche de cet appareil :

On voit sur la figure que les robinets R, R'', r', r''' sont ouverts et que les robinets R', R''', r et r'' sont fermés. Or, voici ce qui résultera de cette disposition : l'eau du réservoir A descendra par le tube C, passera par le robinet R, se répandra dans la cavité *a*, et pressera sur la surface supérieure du filtre n° 1 de tout le poids d'une colonne d'eau qui aurait cette surface pour base, et pour hauteur, la hauteur elle-même du niveau de l'eau au-dessus de l'appareil ; cette pression sera énorme pour peu que le réservoir A soit élevé. S'il est à 10 mètres de hauteur, par exemple, et que le filtre ait un mètre quarré de surface, la pression sera de 10,000 Kilog. On comprend que toutes les parties de cet appareil doivent être solidement construites et solidement assemblées pour résister à une pareille pression, (près de Paris, à Belleville et à la Villette, les surfaces filtrantes des cuves supportent une pression de près de 100,000 Kilog.) mais aussi, on conçoit que, sous l'impulsion d'une force aussi considérable, l'eau devra traverser rapidement le filtre n° 1 et se répandre ensuite dans l'espace vide b, d'où elle pourra s'écouler par le robinet r′ ouvert.

Voilà en quoi consiste la filtration dans le système Fonvielle.

La cuve contient encore deux filtres qui fonctionnent de la même manière. Le robinet R″ étant ouvert, l'eau sale afflue dans l'espace c, et là, toujours en vertu de la forte pression qui s'y exerce, une partie de cette eau traverse en remontant, le filtre n° 2 et va se réunir dans la cavité b à celle qui sort déjà du 1er filtre ; une autre partie traverse en descendant le filtre n° 3, et s'accumule dans la cavité d d'où elle peut sortir par le robinet r‴ ouvert.

Le premier avantage de cette disposition , c'est la multiplication des surfaces filtrantes dans la même cuve , en sorte que l'appareil que nous venons de décrire filtre environ 3 fois plus d'eau, à diamètre égal , qu'une cuve de moindre hauteur qui ne contiendrait qu'un seul filtre (*). Par exemple , si un seul filtre d'un mètre quarré de surface donne , sous une pression de 10 mètres, 2,000 hectolitres d'eau clarifiée, cette cuve devra fournir 6,000 hectolitres dans le même espace temps , puisqu'elle contient 3 filtres marchant séparément et indépendans l'un de l'autre. Il n'est pas nécessaire de dire qu'on peut construire des cuves qui ne contiennent qu'un seul filtre , comme aussi, que l'on peut en faire à 4, à 5, et même à 6 filtres distincts. Les cuves que la *Compagnie Française de Filtrage* a fait faire pour la clarification des eaux de Paris en ont six.

Il se pourrait dans certains cas que l'eau ne fut pas suffisamment clarifiée par son passage à travers un seul filtre. La disposition de la machine permet de remédier aussitôt à cet inconvénient d'une manière aussi simple qu'élégante. Que l'on ferme, en effet, tous les robinets, sauf R et r‴ qui doivent rester ouverts , et l'eau sale

(*) Il n'en n'est pas ainsi cependant en réalité ; les 3 filtres, fonctionnant séparément, ne sont pas absolument indépendans les uns des autres ; cela tient à ce qu'il s'établit dans le tuyau C une vitesse assez considérable qui diminue la pression en raison de la hauteur à laquelle serait due cette vitesse. Mais quand les diverses parties de la machine sont bien proportionnées, la diminution n'est pas assez forte pour être prise en considération.

traversera les trois filtres, subira aussi trois filtrations successives, et sortira par le robinet r''' dans un état parfait de limpidité. On voit par là qu'une partie seulement de la pression est absorbée et annulée par la résistance que les conduits capillaires des filtres opposent au mouvement de l'eau, puisque l'eau qui a traversé le premier filtre peut encore traverser le second et le troisième. Bien plus, l'eau pourra remonter encore dans le tuyau D à un niveau presqu'aussi élevé que le niveau de l'eau sale dans le réservoir A. On peut profiter de cette propriété pour reporter l'eau filtrée aux différens étages d'une maison, ce qui s'accorde parfaitement avec les besoins ordinaires des grands établissemens (*). Mais il faut dire, que la quantité d'eau filtrée, fournie par l'appareil, diminue au fur et à mesure qu'on la fait couler d'un point plus élevé au-dessus du filtre, parce que la pression effective sous laquelle marche l'appareil est dûe à la différence de hauteur entre le niveau dans le réservoir A, et l'orifice du déversement du tuyau D.

Quant au limon que l'eau tient en suspension, il se

(*) Le filtre établi à l'Hôtel-Dieu est alimenté par les réservoirs de la machine hydraulique du pont Notre-Dame. La hauteur de ces réservoirs au-dessus du plancher où le filtre est établi est de 12 mètres. L'eau filtrée est renvoyée par des tuyaux à différens étages supérieurs de l'Hôpital, dans les cuisines, par exemple, qui sont élevées de plus de 10 mètres au-dessus des filtres. Quand le filtre fournit à ce dernier service, il ne fonctionne donc en réalité que sous une charge de 2 mètres, différence de hauteur entre le point de départ de l'eau sale et le point de déversement de l'eau filtrée.

dépose au sein des couches filtrantes où il pénètre d'autant plus profondément que la pression est plus forte. Au bout d'un certain temps, la quantité d'eau fournie par l'appareil commence à diminuer et finit même par se réduire à quelques gouttes, lorsque les couches filtrantes sont tout-à-fait engorgées par la vase. Quand cette diminution devient sensible, il faut procéder au nettoiement des filtres.

Supposons qu'il s'agisse de nettoyer le filtre n° 1, on commence par ouvrir le robinet de vidange **N**; un ouvrier saisit le robinet R d'une main et le robinet R′ de l'autre; un second ouvrier saisit également les robinets, r et r′. A un signal convenu, au commandement *un*, par exemple, afin d'opérer simultanément, le 1ᵉʳ ferme R et ouvre R′, le second ouvre r et ferme r′. Quelques instants après, au commandement *deux !* le premier ouvre R et ferme R′, le second ferme r et ouvre r′. On fait répéter ces mêmes mouvemens trois ou quatre fois par des manœuvres brusques qu'exécutent en même temps les deux ouvriers. On produit de cette manière des courans contraires à travers les matières filtrantes, des chocs, du remous, des secousses qui mettent la vase en mouvement et la font sortir des tuyaux capillaires où elle se trouvait fortement engagée; on laisse couler ensuite l'eau pendant quelque temps, R et r′ étant fermés et R′ et r ouverts, jusqu'à ce qu'elle sorte à-peu-près limpide; puis, on remet les robinets dans l'état primitif (R′, r, fermés, R, r′ ouverts), on ferme le robinet de vidange **N** par lequel sortait l'eau chargée de vase provenant des opérations que nous venons d'indiquer, et la filtration recommence de nouveau comme si le filtre n' 1 était tout neuf. L'eau filtrée reprend son chemin, remonte le tuyau D et se déverse comme à l'ordinaire dans le réservoir B. Les autres filtres, n° 1 et n° 2, se nettoient absolument de même. La facilité de cette manœuvre si simple et si prompte (car elle dure seulement quelques minutes), provient de ce qu'en tournant les robinets, on peut intervertir instantanément la marche de l'eau dans les couches filtrantes et produire successivement ou simultanément des courans ascendant et des courans descendans. On voit que dans ce système de nettoyage on n'emploie que les élémens nécessaires à la filtration même : l'eau sale et la pression.

Une cuve semblable à celle que nous venons de décrire, filtrera, en 24 heures, 1500 hectolitres d'eau sale, à l'aide d'une pression d'une athmosphère, (10 mètres environ de colonne d'eau), et en faisant traverser les trois filtres, pour obtenir une clarification parfaite. Supposons que les eaux soient tellement troubles qu'il soit nécessaire de nettoyer cette cuve tous les deux jours et que cette opération dure 15 minutes. D'après ces chiffres, calculons ce qu'il faudrait de cuves pour la filtration des eaux d'Amsterdam.

D'abord, pour filtrer 42,000 hectolitres par 24 heures, il suffit de 28 cuves, ensuite, comme il faudra nettoyer chaque jour la moitié de ce nombre de cuves,

(14), et que l'opération dure $\frac{1}{4}$ d'heure pour chacune, il faudra ajouter une cuve de réserve fonctionnant 3 h. $\frac{1}{2}$ sur 24 heures, afin que la quantité d'eau filtrée ne souffre pas de diminution par le chômage momentané des cuves que l'on nettoie. Ainsi, avec 29 cuves et la demi-journée de deux ouvriers on pourrait faire le service régulier de toute la ville d'Amsterdam.

Nous avons vu que Mr de Bruin emploierait 140 cuves pour ce même service, sans compter celles qu'il faudrait avoir en réserve à cause du chômage des appareils en réparation. Quant aux frais annuels de nettoyage de ces 140 cuves, il nous est impossible de les évaluer, mais nous les croyons assez considérables (*). Il est inutile d'ajouter que Mr de Bruin demanderait qu'on lui élevât l'eau sale à une hauteur de 11 mètres. Dans le cas où la pression serait de 5 mètres au lieu de 10 mètres, il faudrait augmenter le nombre des cuves.

Maintenant, pour confirmer nos assertions, citons de nouveaux passages du Rapport que Mr Arago a fait à l'Académie des Sciences sur le Système de Mr de Fonvielle.

(*) Nous pouvons donner une idée de la quantité de vase qu'un filtre doit retenir dans certains cas. Les eaux des fleuves contiennent jusqu'à $\frac{1}{2000}$ de limon en temps de crues, en sorte qu'un filtre doit, pour filtrer 2000 hectolitres, pouvoir retenir 100 Kilog. de vase. — Cette difficulté disparaît dans le Système Fonvielle, puisqu'on peut, en quelques instans et à volonté, dégorger ses Filtres par la manœuvre décrite page 31; mais elle est insurmontable pour tous les autres Systèmes à haute pression qui n'ont aucun moyen de parer à un engorgement aussi rapide.

Page 25. — « Le Filtre de Mr Henri de Fonvielle, à
» l'Hôtel-Dieu, quoiqu'il n'ait pas un mètre d'étendue
» superficielle, donne par jour, avec 88 centimètres de
» pression de mercure (une athmosphère et $^1/_6$) 50,000
» litres au moins d'eau clarifiée. Ce nombre déduit de
» l'examen des divers services de l'hôpital, est une
» petite partie de ce que l'Appareil fournirait si la
» pompe alimentaire était perpétuellement en charge ;
» dans certains momens nous avons trouvé, en effet,
» par des expériences directes, que le filtre donnait jus-
» qu'à 95 litres par minute: ce serait donc près de
» 137,000 litres en 24 heures, ou près de 7 pouces de
» fontainier..... »

Pages 26, 27 et 28. — « Nous avons déjà dit qu'à
» Greenock, quand le filtrage s'est opéré du haut en bas,
» l'ingénieur Robert Thom nettoie la masse de sable en
» y faisant passer rapidement dans la direction con-
» traire, c'est-à-dire de bas en haut une grande quantité
» de liquide. Ce Procédé peut suffire si les filtres ne sont
» engorgés que très-près de la surface ; mais les Filtres de
» Mr Fonvielle exigent des moyens plus puissans: ces
» moyens, l'Auteur les a trouvés dans l'action de deux
» courans contraires, dans les chocs, dans les secous-
» ses brusques, dans les remous qui en résultent.
» Pour nettoyer le Filtre, hermétiquement fermé, de
» l'Hôtel-Dieu, l'ouvrier chargé de cette opération
» ouvre tout-à-coup, simultanément ou presque simul-
» tanément, les robinets des tuyaux qui mettent le des-
» sus et le dessous de l'Appareil en communication avec

» le réservoir élevé ou avec le corps de pompe qui
» renferme l'eau alimentaire. Le Filtre se trouve ainsi
» traversé brusquement et en sens opposé par deux
» forts courans, dont l'effet nous semble pouvoir être
» assimilé à celui du froissement que la blanchisseuse
» fait éprouver au linge qu'elle manipule; ces courans
» en tous cas ont certainement la propriété de détacher
» du gravier filtrant, des matières terreuses, qui, sans
» cela, y seraient restées adhérentes. Nous ne pouvons
» avoir aucun doute sur la grande utilité de ce conflit
» de deux courans opposés; car, après avoir nettoyé
» le Filtre de l'Hôtel-Dieu à la manière de M^r l'Ingénieur
» Thom, nous voulons dire à l'aide d'un courant ascen-
» dant; et après nous être assuré que ce même courant
» ascendant ne donnait au robinet de dégorgement
» que de l'eau limpide, dès qu'on manœuvrait les deux
» autres robinets, alors l'eau sortait au contraire du
» Filtre dans un état de saleté extrême. Pour le dire en
» passant, les malades, témoins de l'opération, expri-
» maient hautement leur surprise en voyant à quelques
» secondes d'intervalle, la même fontaine fournir tan-
» tôt une épaisse bouillie jaunâtre, et tantôt de l'eau
» claire comme du cristal.

» Ajoutons à tant de détails que le Procédé dont
» vous nous avez chargés de vous rendre compte a reçu
» l'épreuve du temps; que depuis plus de huit mois il
» est en action à l'Hôtel-Dieu; que depuis plus de huit
» mois une même couche de sable de moins d'un mètre
» superficiel y fonctionne sans interruption, qu'on n'a

» point eu à la renouveler ; que cependant dans cet
» intervalle la Seine a été extrêmement bourbeuse , et
» qu'en cavant tout au plus bas, douze-millions de
» litres d'eau ont traversé l'appareil ; aussi , bien qu'à
» raison de diverses circonstances, nous ayons dû
» renoncer à faire des essais sur ce que l'auteur du Mé-
» moire attend d'avantageux du partage des épaisses
» couches filtrantes actuelles en couches minces sépa-
» rées les unes des autres ; en nous en tenant exclusi-
» vement à ce que nous avons suffisamment étudié ,
» nous n'hésitons pas à dire qu'en montrant la possibi-
» lité de clarifier de grandes quantités d'eau avec de
» très-petits appareils , Mr Henri de Fonvielle a fait faire
» un pas important à l'art.

» Nous proposons donc à l'Académie d'accorder son
» entière approbation aux nouveaux procédés qu'elle
» nous avait chargés d'examiner. »

Immédiatement après la lecture de ce rapport,
l'Académie en délibère et adopte à l'unanimité les conclusions de la Commission.

(Extrait des *Comptes-Rendus de l'Académie
des Sciences*. Séance du 14 août 1837).

Personne ne contestera l'impartialité qui a présidé à l'examen que nous venons de faire, ni l'exactitude de nos assertions fondées pour la plupart sur des documens authentiques. Loin d'avoir exagéré nous nous sommes constamment tenus au-dessous de la réalité (*) afin d'être sûrs d'éviter la moindre objection; il y a donc lieu de croire qu'on adoptera les conclusions qui ressortent naturellement de tout ce qui précède.

On peut ranger les divers procédés de clarification en deux classes : ceux qui ont été réellement appliqués sur une grande échelle, et qui le sont encore aujourd'hui, formeraient la première classe; la seconde, comprendrait ceux qui n'ont pas reçu cette épreuve décisive, et que nous sommes en droit d'écarter par cette seule fin de non recevoir. Nous ne trouvons à placer dans la première classe que le système anglais des bassins de repos combinés avec un *bassin-filtre* d'une immense étendue, et le Procédé Fonvielle que l'Administration de la ville de Paris a adopté pour la filtration de ses eaux. Nous laisserons les Anglais décider eux-mêmes entre ces deux systêmes, et nous nous contenterons de citer le passage suivant d'une lettre

(*) Un passage de la *Pièce Justificative* N⁰ 9 prouve qu'un Filtre Fonvielle placé dans des circonstances analogues à celle que nous avons supposées dans le courant de cette Notice, sauf que la pression était un peu plus considérable, a donné plus de 4,000 hectolitres d'eau, parfaitement claire, par 24 heures; et nous n'avons calculé que sur un débit de 1500 hectolitres seulement.

(publiée) de Mr Arago, membre du conseil municipal de la ville de Paris:

« Le nom de l'Ingénieur Thom de Greenock est sou-
» vent cité dans le Mémoire de vos adversaires (*). Ce
» nom, qui, par parenthèse, a été pris dans mon Rap-
» port, n'a pas empêché le célèbre ingénieur Mylne (**),
» du *New-River*, le principal établissement hydrauli-
» que de Londres, de considérer l'Appareil Fonvielle
» comme une belle et bonne invention. Lorsque der-
» nièrement M. Mylne vint à Paris avec M. Curtis, le
» président de la Banque d'Angleterre, y apporter un
» projet de distribution d'eau à domicile, et que le
» Conseil municipal me chargea de veiller à la rédac-
» tion du cahier des charges, M. Mylne me déclara
» qu'il entendait s'adresser à la *Compagnie Française*,

(*) Il s'agit ici d'un procès. La *Compagnie Française de Filtrage* ayant cru apercevoir une contrefaçon à son Système dans un filtre établi aux Bains Chinois par MM. Lanet et de Sornay, fit saisir cet appareil et poursuivit ces derniers. Ceux-ci, au contraire, de-mandèrent contre la Compagnie la déchéance de ses brevets, se fondant sur ce. . . . qu'en mettant au jour ce prétendu nouveau système, on n'avait fait que s'approprier une idée déjà tombée dans le domaine public. L'affaire fut d'abord portée devant le Tribunal civil de la Seine, puis en Cour royale; La Compagnie Française eut gain de cause devant ces deux Juridictions.

Voir aux *Pièces Justificatives* N{os} 5 et 6; d'abord, la teneur du Juge-ment rendu par la 2me Chambre; ensuite, le Rapport des Experts.

(**) Mr Mylne est l'Ingénieur-en-chef de la *Compagnie de New-River* qui distribue par 24 heures 800,000 hectolitres d'eau dans la ville de Londres.

» et lui acheter le droit de filtrer suivant ses procé-
» dés. . . . . »

Dans une lettre sur le Filtre Fonvielle, écrite le 1er septembre 1837 et publiée en partie, Mr Mylne disait :

. . . . ; « pour mon filtre, il va admirablement » bien.

» La semaine dernière, j'ai reçu des nouvelles » d'Amérique au sujet de filtrer l'eau pour les besoins » de Boston. J'ai envoyé votre carte, en recommandant » votre filtre autant que je l'ai pu, *pour faire compren-* » *dre qu'il est le meilleur que je connaisse.* » (*).

Ainsi donc, la théorie, la pratique, l'assentiment des hommes spéciaux, tout, en un mot, concourt à établir la supériorité des Procédés de Mr de Fonvielle. Il est démontré, maintenant, qu'il est toujours possible de satisfaire à l'un des premiers besoins d'une grande ville, celui d'être alimentée régulièrement et à un prix modique, d'eaux propres à tous les usages, lorsqu'il se trouve à portée des eaux auxquelles il ne manque que la limpidité.

Or, un grand nombre de villes en Hollande se trouvent dans ce cas. Il est sûr, en effet, que les eaux du

(*) Des Armateurs anglais, ayant fait placer un filtre du Système Fonvielle sur un de leurs navires, ont reçu du Capitaine la lettre dont un extrait se trouve aux *Pièces Justificatives* N° 7.

Rhin et de la Meuse, dont les diverses branches arrosent une grande partie du pays, sont aussi salubres que les eaux de la Seine, du Danube, de la Tamise, etc., tandis que les eaux des puits, des sources et des citernes sont telles, pour la plupart, que l'emploi continuel qu'en font les habitans de ce pays doit avoir une influence nuisible sur leur santé.

Dans ces villes on trouve tous les élémens nécessaires à l'établissement d'un service régulier des eaux de rivière, et pourtant les conditions où les habitans se trouvent placés sous ce rapport, ne sont tolérables qu'à l'aide de la longue habitude qu'ils ont contractée de les subir.

Du reste, nous ne chercherons pas à prouver qu'il y ait quelque progrès à faire dans cette direction. Tout le monde le sent, et d'ailleurs nous ne saurions mieux faire que de renvoyer aux rapports des Commissions spéciales chargées de rechercher la nature des besoins premiers de la population et les moyens d'y satisfaire. Qu'on lise ces Rapports si remarquables, et l'on verra de quelle importance est pour le pays tout perfectionnement apporté à l'une des branches du service des eaux. Quant à nous, notre conviction est que l'opinion publique est suffisamment éclairée sur ce point en Hollande, et qu'il suffit d'indiquer le remède à un mal que tous connaissent. Notre rôle doit se borner là.

Outre ces besoins capitaux qui intéressent les grands

centres de population, il y a des besoins, secondaires il est vrai, mais pourtant importans, qui réclament aussi satisfaction: nous voulons parler des Établissemens publics où se trouvent réunis un grand nombre d'hommes, tels que les Hôpitaux, les Casernes, les Colonies de Bienfaisance, les Vaisseaux, les Prisons, et des Établissemens particuliers, des Usines où la qualité des eaux consommées est d'une haute importance; comme: les Teintureries, les Brasseries, les Raffineries. Nous aurions à ce sujet occasion de présenter le *Systême Fonvielle* sous un point de vue nouveau, mais nous nous contenterons de dire que déjà, en France, outre l'application faite sur la plus grande échelle dans la ville de Paris et dans certaines Usines considérables, des Commissions spéciales, nommées par le Ministre de la Marine, ont décidé que les *Appareils Fonvielle* devaient être employés sur les navires de l'État, dans les Bagnes, dans les Casernes, dans les Hôpitaux des ports de mer français (*).

Le Gouvernement de sa Majesté le Roi des Pays-Bas, jaloux de réaliser des améliorations reconnues si nécessaires, a bien voulu favoriser celle que nous proposons ici, et en a déjà ordonné l'application sur plusieurs points du Royaume (**).

(*) Voir aux *Pièces Justificatives* N° 3, 4, 8, et 10.
(**) Déjà un *Filtre Fonvielle* a été placé à la Prison militaire de Leyde.

PIÈCES JUSTIFICATIVES.

N.° 1.

Décret impérial, du 21 octobre 1811.

Ministère de l'Intérieur, du 24 décembre 1811 :

Le Ministre de l'Intérieur, Comte de l'Empire, vu l'article 9 du décret impérial du 21 octobre dernier, qui, en ordonnant la construction d'un aqueduc pour procurer deux cents pouces d'eau douce dans la ville d'Amsterdam, porte qu'elle sera prise au point du Vecht, le plus rapproché de la ville ou dans tout autre lieu, où une *Commission* composée de deux Chimistes, trois Médecins et deux Ingénieurs aura reconnu la parfaite limpidité et la parfaite salubrité de l'eau.

Vu également l'article 10 du même décret impérial, portant que cette *Commission* sera chargée de reconnaître la parfaite limpidité et la salubrité de l'eau qui devra être conduite dans la ville d'Amsterdam.

A ces causes, Etc., sont nommés :

Messieurs Taets van Troostwyk, et V. Barneveld, père, Chimistes ; Vrolick, Fremery, et Rauwenhoff, Docteurs en Médecine ; van der Plaat, et Blanken, Ingénieurs-en-chef des Ponts et Chaussées, des départemens du Zuiderzée et des Bouches de la Meuse.

N.° 2.

Extrait de l'Avondbode de samedi 29 juin 1839.

. . . . « Er zijn omtrent een zeventigtal kleine Machines, welke in 24 uren tijds omstreeks dertig emmers water zuiveren, en vervolgens vier groote Machines, door middel van elk van dezelve in 12 uren 4000 emmers water kunnen gefiltreerd worden. Allen, zoo wel de grooten als de kleinen hebben dezelfde constructie. De inrigting van een Toestel van de grootste soort is omtrent als volgt: Een vierkant gestel van hout, van omstreeks 34 voet hoogte, bevat van boven eenen houten vergaarbak, in welken, door middel eener pomp het te zuiveren water gebragt wordt. Van daar, daalt het water af in eene van de vier daaronder geplaatste vaten of kuipen. De eigene persing doet het water van het eene vat in het andere overgaan, tot dat hetzelve door middel van eene kraan in het vierde vat in eenen buiten afstaande bak zuiver en helder afvloeit. Elk der vaten bevat eenen zuiveringstoestel van eigenaardige specie ter zuivering voorzien, zoodat in elk der vaten de onzuivere deelen van het water terug gehouden worden. »

№ 3.

Rapport du Conseil de Salubrité de la ville de Paris, à M. le Préfet de police, sur le systéme de filtrage de M. Henri de Fonvielle.

« Monsieur le Préfet,

» Vous avez, par votre lettre du 24 janvier dernier, invité le
» Conseil de Salubrité à examiner les filtres que vous avez fait
» établir d'après le systéme de M. Henri de Fonvielle, et vous
» demandez à ce Conseil de vous faire connaitre son opinion sur
» le plus ou moins d'avantages que ces filtres peuvent présenter.

» Le Conseil de Salubrité, pour se conformer à vos vues, a
» nommé une Commission, dont les Membres ont procédé à un
» examen avec toute l'attention désirable, et ils ont aujourd'hui
» l'honneur de vous présenter le résultat de leurs réflexions.

» Les Filtres Fonvielle sont bien composés conformément à la
» description qu'il en fait dans le Mémoire qu'il vous a adressé,

» et que vous avez joint à votre susdite lettre. Nous regarderons
» donc comme superflu de produire tous les détails relatifs à ces
» appareils ; nous nous bornerons à vous faire observer que l'eau
» qu'ils fournissent est aussi transparente, aussi limpide que peut
» l'être toute eau parfaitement filtrée, et qu'elle fournit aux déte-
» nus une boisson dont ils apprécient d'autant plus les avantages,
» qu'elle a remplacé l'eau sale et bourbeuse dont ils étaient sou-
» vent obligés de se servir. Il résulte, cependant, des renseigne-
» mens qui nous ont été donnés sur les lieux, qu'ils ont besoin
» d'être nettoyés plusieurs fois dans l'année, et M. de Fonvielle
» en convient lui-même dans son Mémoire, mais cette opération
» est l'affaire de quelques heures, elle n'est nullement embar-
» rassante, et ne donne lieu qu'à une très-faible dépense.

» En résumé, Monsieur le Préfet, les Filtres Fonvielle se
» recommandent par la simplicité de leur mécanisme : par le
» bas prix auquel on peut les faire établir, et par le mérite
» qu'ils ont de remplir parfaitement leur destination. C'est un
» service signalé que vous avez rendu aux détenus, et il serait à
» souhaiter, Monsieur le Préfet, que l'Administration complétât
» cette œuvre philanthropique, en faisant l'application à toutes
» les maisons de détention et aux dépôts de mendicité de son
» ressort.

Signé, « JUGE, *Président*, *Rapporteur*.

« Lu en Conseil, et adopté :

Signé, « J. JUGE ; A. CHEVALLIER.

« Pour copie conforme : *Le Secrétaire-Général*,

Signé, « DE MALLEVAL »

N° 4.

Extrait du Rapport de M. l'Administrateur-Général
des Hôpitaux.

« . . . .

. . . .

» Alors on fesait usage à l'Hôtel-Dieu du Système de M. Du-
» commun, pour la clarification des eaux employées dans la
» composition des tisanes. Suivant ce système, trois cuves, avec

» chacune un appareil, fournissaient journellement quinze hec-
» tolitres d'eau filtrée, ce qui suffisait à peine aux besoins de ce
» service.

» Ce fut pour l'usage de la pharmacie que nous commençâmes
» l'application du procédé de M. Fonvielle Une seule des trois
» cuves suffisant, et après une suite d'examens qui ont demandé
» divers changemens, l'appareil est parvenu à donner à cet
» office, en vingt-quatre heures, neuf cents hectolitres d'eau,
» environ, parfaitement filtrée. Nous avons observé que cette
» grande supériorité en quantité n'était pas l'unique avantage du
» procédé de M. Fonvielle. Comme il est ascendant au lieu d'être
» descendant, il s'ensuit qu'avec la charge produite par l'éléva-
» tion du réservoir de la pompe Notre-Dame, cet appareil, placé
» au rez-de-chaussée du bâtiment Sainte-Marthe, peut porter
» l'eau filtrée, dans les étages supérieurs, jusqu'à treize mètres
» environ, ce qui établit une proportion, quant aux quantités,
» entre M. Fonvielle et M Ducommun, de 1 à 180.

» Après ce premier essai, notre confiance nous a déterminé à
» permettre à M. Fonvielle de faire l'application de son système
» sur la conduite d'arrivée du réservoir-général de l'Hôpital. Ce
» réservoir, qui est placé au deuxième étage du bâtiment Saint-
» Charles, 15 mètres au-dessus du sol du rez-de-chaussée, con-
» tient 400 hectolitres; il est servi par une concession de 4
» pouces d'eau, que lui doit la pompe Notre-Dame.

» Deux cuves, de chacune 1 mètre 464 millimètres de super-
» ficie, versent dans le réservoir l'eau qu'elles reçoivent par
» ascension de la conduite d'arrivée. Cette eau, d'abord dégros-
» sie par un premier filtre, passe à travers un second et un
» troisième; c'est en sortant de ce dernier filtre, qu'elle tombe
» dans le réservoir, entièrement dégagée de toutes les parties qui
» lui sont étrangères; alors, on la voit aussi claire et aussi limpide
» que celle de nos fontaines domestiques, dont l'usage est devenu
» général aujourd'hui. Il est résulté du procédé de M. Fonvielle,
» pour l'Hôtel-Dieu, qu'aussi long-temps que la pompe Notre-
» Dame fonctionne, cet hôpital est fourni d'eau filtrée. Un seul
» service, celui des bains, n'a pas encore pu jouir de cet avan-
» tage, mais c'est parce que l'eau lui arrive par une conduite
» particulière. Le moyen de lui en donner, consisterait en un
» embranchement sur le réservoir.

» La différence du produit des deux cuves (ensemble 2 mètres
» 928 millim.), placées sur la conduite d'arrivée du grand bati-
» ment Saint-Charles, comparée au produit bien supérieur de la

» petite cuve (385 millimètres seulement) établie au rez-de-chaus-
» sée du bâtiment Sainte-Marthe, s'explique par la pression de
» 45 pieds contre 4, qui donne à cette dernière l'élévation du
» réservoir de la pompe Notre-Dame. . . . . . »

N° 5.

*Extrait d'un Jugement rendu par le Tribunal Civil de la
Seine (2ᵉ chambre); présidence de M. Roussigné.*

(Audiences des 13 et 20 juin 1838).

Le Tribunal a statué en ces termes :
« Attendu que si le procédé de filtrage des liquides, par la
» pression dans des vases clos, avait déjà été employé, notam-
» ment dans les appareils du Comte Réal et dans ceux d'Ouar-
» nier, et étaient dans le domaine public lorsque Fonvielle a
» obtenu les brevets dont la déchéance est aujourd'hui demandée
» contre lui, on ne peut lui contester d'avoir fait une application
» nouvelle de ce procédé à des matières filtrantes dont la combi-
» naison lui appartient exclusivement;
» Attendu, en effet, que la filtration, par la haute pression,
» à travers le sable, le grés, le gravier et autres matières miné-
» rales inertes, n'avait encore reçu aucune application par la
» difficulté de retenir ces matières dans un filtre soumis à la
» haute pression, et que c'est Fonvielle qui a trouvé une dispo-
» sition de ces matières filtrantes telle qu'elles résistent à la force
» impulsive qu'elles ont à subir, tant par l'effet de la pression ,
» que par les chocs continuels auxquels les soumet l'action du
» nettoiement;
» Attendu que si, avant les brevets en question, le nettoie-
» ment des filtres par ascension et par descente avait été mis en
» usage, et notamment sur une très-grande échelle, dans des
» filtres publics existant en Angleterre, il est établi par les docu-
» mens du procès que Fonvielle a donné dans ses appareils un

» grand degré de perfectionnement à ce procédé de nettoiement ;
» que la combinaison par les chocs et les secousses lui appartient,
» et qu'il obtient ainsi, sans démonter ses appareils et sans en
» remanier les matières, par un mode pour ainsi dire spontané,
» des résultats plus puissans que tous ceux qui avaient été obtenus
» avant lui ;

» Attendu qu'aux termes de l'article 2 de la loi du 7 janvier
» 1791, tout moyen qui ajoute à quelque fabrication que ce
» puisse être un nouveau moyen de perfection, doit être regardé
» comme une invention ;

» Attendu que Fonvielle, en combinant le procédé de filtrage
» par la pression dans des vases clos, déjà dans le domaine
» public, avec une combinaison de matières filtrantes et un
» mode de nettoiement qui lui sont propres, est parvenu, avec
» des appareils de petite dimension, à la filtration rapide de
» grandes masses d'eau ;

» Attendu que les applications qui sont propres à Fonvielle
» dans les appareils pour lesquels il a été breveté, ne sont pas
» seulement des changemens de forme et de proportion dans des
» appareils déjà connus, mais des élémens nouveaux sans lesquels
» le procédé du filtrage par la pression dans des vases clos n'aurait
» pu recevoir le perfectionnement qui lui a été donné ;

» Attendu qu'on ne peut pas dire que les brevets obtenus par
» Fonvielle doivent être réduits aux choses qui lui sont propres,
» et qu'il n'est pas juste non plus de prétendre qu'étant sans
» objet, quant au procédé de filtrage par la pression dans des
» vases clos, ces brevets doivent être déclarés en état de déchéance
» pour la totalité ;

» Attendu que les Appareils de Fonvielle forment au contraire
» un tout indivisible qui doit être considéré comme sa propre
» chose ;

» Attendu que les brevets attaqués réunissent toutes les condi-
» tions de validité qu'exigent les lois de la matière ;

» Déclare Lanet de Limancey et de Sorney mal fondés dans
» leur demande en déchéance des brevets d'invention et de per-
» fectionnement obtenus par Fonvielle ; les en déboute, et les
» condamne aux dépens. »

Sur l'appel de MM. Lanet de Limancey et de Sorney, la Cour-
Royale a rendu un arrêt confirmatif de ce jugement.

N° 6.

Extrait d'un Rapport fait à M. le Juge-de-Paix du 2ᶜ Arrondissement de Paris, par MM. Degouzé, Francœur et Péclet, experts, nommés par lui pour examiner les Filtres Lanet et de Sorney (*).

« . . . .
. . . .

« Nous considérons les brevets Fonvielle comme reposant sur
» deux choses distinctes :

« 1° Le filtrage de l'eau en vase clos et à haute pression, avec
» l'emploi de matières inertes et comprimées ;

» 2° L'emploi des chocs et secousses résultant des mouvemens
» contraires de l'eau pour dégager et nettoyer les filtres sans
» déplacement des matières.

» D'ailleurs, quand on partirait du principe que, dans l'Appa-
» reil Fonvielle, la validité du brevet ne consiste que dans le
» nettoyage par les chocs et secousses (principe qui n'a pas été
» admis par la Cour-Royale, et que nous n'admettons pas non
» plus), il n'en résulterait pas moins, etc., etc., etc.

« Par tous ces motifs, nous considérons la contrefaçon comme
» évidente. »

COMPAGNIE FRANÇAISE

DE FILTRAGE.

———

DIRECTION.

N° 7.

Je ne puis assez faire l'éloge de l'eau qui m'a été fournie par la machine à filtrer recommandée par Mʳ Woollett.

(*) Le procès en contrefaçon, dont il est parlé, avait été porté devant ce Tribunal. C'est pour édifier la cause que le Juge avait nommé des Arbitres.

Celle qui nous reste maintenant après notre longue traversée est aussi claire et aussi pure que le premier jour où elle fut mise à bord. Aussi long-temps que cette eau dure, l'usage, à bord, d'une pierre à filtrer devient inutile.

Signé, JAMES LEE.

Nous soussignés certifions, par ces présentes, que, ci-dessus est une exacte copie d'une lettre à nous adressée par le capitaine James Lee, en date du 13 décembre 1837. Nous cestifions de plus, que l'eau mentionnée, telle qu'elle a été chargée à bord de la *Princesse Victoria*, a été filtrée suivant le procédé breveté sous le nom de Joseph Gerothvohl (*)

Fait à Londres, le 29 mai 1838.

Signé, ARNOLD et WOOLLETT.

NB. Cette Lettre a été traduite en français par Mr John Raphaël, Notaire public à Hampsteadt, près de Londres, chez qui elle a été déposée avec les formalités voulues pour acquérir toute l'authenticité désirable.

Port de Toulon.

FILTRAGE DES EAUX.

SYSTÈME FONVIELLE.

N° 8.

RAPPORT DE LA COMMISSION.

Conformément à la dépêche ministérielle du 22 juin 1839, et en vertu des ordres du Vice-Amiral, Préfet maritime, la Commission composée de MM. Ferrin, Capitaine de vaisseau, Président; Levicaire, 2eme Médecin-en-chef de la Marine; Léonard, 2eme Pharmacien Chef, et Odet-Pellion, Capitaine de Corvette, s'est transportée, le 27 août, à bord da la frégate *la Thétis*, pour y étudier le Système de Filtrage-Fonvielle, propriété de la Compagnie Française de Filtrage.

(*) Ce Procédé est celui de Mr Fonvielle.

Il résulte des expériences qui ont été faites, comme de l'étude du Système de Filtrage proposé :

1° Que le tonneau-filtre qui a été soumis à l'examen de la Commission et qui avait pour hauteur un mètre, vingt-quatre centimètres et pour diamètre extérieur, soixante six centimètres, a parfaitement fonctionné et a clarifié, dans l'espace de quelques minutes, l'eau rouillée des fonds de caisse en fer, de telle façon que cette eau est devenue limpide et claire comme de l'eau de source ;

2°. Que le jaugeage de cette eau n'a pas été fait, vu que la pompe aspirante et foulante, qui conduisait l'eau au filtre ne fonctionnait pas d'une manière continue et régulière, les tuyaux en cuir étant légèrement perforés ou décousus ; mais qu'on ne saurait douter, eu égard à la quantité du produit filtré dans un temps donné, que ce Filtre ne fonctionne avec la célérité que lui attribue le rapport de l'Académie des Sciences ;

3°. Que le nettoiement des boues ferrugineuses s'est fait et peut se faire avec une telle promptitude qu'en quelques minutes, par des chocs, de courans contraires, le Filtre se débarasse de son dépôt sans démontage aucun, et qu'en supposant un amas de matières, les ouvertures latérales de chacune des chambres de l'Appareil, donneraient, si le secours des courans contraires était insuffisant, les moyens de nettoyer complètement le Filtre ;

4°. Que le Filtre Fonvielle, tel qu'il a été disposé pour le service de la Marine, avec sa soupape de sûreté, son obturateur mobile, ses ouvertures à nettoiement, est d'une application facile, d'une manœuvre simple et prompte : que l'exiguité de de ses dimensions le rend parfaitement propre à faire partie de l'emménagement d'un navire, et que la solidité de sa construction doit faire disparaître toute crainte de détérioration par des déplacemens ou chocs mêmes violens ;

5°. Qu'il peut être d'un grand secours pour l'avitaillement du navire en eau potable, dans les cas fréquens où le temps presse et où les lieux n'offrent que de l'eau sale et trouble. On pourra, à l'aiguade, remplir les caisses du navire d'eau filtrée, au lieu d'y renfermer les immondices que l'eau non filtrée contiendrait ;

6°. Que, même en restreignant l'usage du Filtre à la clarification des eaux renfermées dans les caisses, il y aurait encore économie de temps et d'espace ; car, toutes choses égales, on perd un cinquième de l'eau des caisses en fer, devenue trouble par la rouille, et ce cinquième peut être précieux dans une Campagne de long cours ou en temps de guerre ;

7°. Enfin, qu'en additionnant, en cas de putridité, la matière à filtrer d'une certaine quantité de charbon, ce Filtre peut servir, non seulement à filtrer les eaux sales et troubles, mais encore les eaux infectes et corrompues.

Pour ces causes, la Commission conclut, à l'unanimité, à l'adoption du Filtre proposé, et à ce qu'il soit soumis, à bord de *la Thétis* à des expériences pratiques pendant le cours de la Campagne.

Toulon, le cinq septembre 1839.

Signé, ODET-PELLION, LEVICAIRE, LÉONARD, FERRIN.

Pour copie conforme,

Le Rapporteur de la Commission,

Signé, LÉONARD.

№ 9.

Extrait du Moniteur *français.*

(N°ˢ du lundi 4 et du mardi 5 juin 1838).

Voici quelques nouveaux détails sur l'expérience qui a eu lieu samedi à la pompe Notre-Dame, relativement aux Appareils de la Compagnie Française de Filtrage, et dont nous avons parlé dans notre numéro de dimanche dernier :

L'expérience dont il s'agit s'est faite en présence, de M. le préfet du Département de la Seine, qui, depuis long-temps, s'applique, avec une sollicitude exemplaire, à lever tous les obstacles qu'a rencontrés jusqu'ici, dans la nature même des choses, l'amélioration du régime des eaux publiques de Paris.

Un grand concours de Hauts Fonctionnaires administratifs et municipaux s'y fesait remarquer; car aujourd'hui cette question du filtrage a acquis, dans l'esprit des hommes les plus graves, une grande importance; beaucoup de Savans distingués y assistaient également.

L'épreuve a réussi de la manière la plus complètement satisfaisante.

En effet, d'après les jaugeages faits en présence des Assistans, un seul Appareil, dont la capacité n'excède pas 1 mètre sur 2, fonctionnant sous une pression de 45 pieds, a rendu, par minute, 280 litres d'eau filtrée (soit 403,200 litres ou 4,032 hectolitres par vingt-quatre heures). Or, il est bon de rappeler ici que, d'après ce qui est constaté par le Rapport fait à l'Académie, une cuve de même capacité, établie suivant l'ancien système, rendait 5 hectolitres en vingt-quatre heures ; on voit, par l'énorme différence de ces résultats, de combien le nouveau Procédé l'emporte sur celui qu'il vient remplacer. C'est à ce point que toute filtration, de quelque importance, était complètement impossible avec l'ancien Système, tandis que le nouveau permet de les faire sur la plus vaste échelle qu'on veuille supposer, pour peu qu'une pression, soit naturelle, soit artificielle, puisse être appliquée aux Appareils filtrans, dont la puissance, au reste, est proportionnelle à cette pression,

La facilité avec laquelle se nettoient les Filtres de la Compagnie Française a été de nouveau remarquée avec le plus vif intérêt ; car c'est là, en effet, une des parties constitutives les plus essentielles de tout bon Système de filtration, les embarras et la dépense du nettoiement ayant été jusqu'ici le plus grave obstacle à la marche satisfesante des anciens Filtres, et ce qui la rendait ruineuse et inapplicable à une grande filtration. Ici, cette opération s'est faite, comme à l'ordinaire, avec une célérité, une spontanéité, si l'on peut parler ainsi, qui ont de nouveau excité une sorte d'admiration dans toute l'Assemblée. A voir l'extrême saleté de l'eau poussée hors de l'Appareil par le choc des courans contraires, si bien décrit au Rapport de l'Académie, dans sa cause et dans ses effets, il a été manifeste pour tout le monde que ce mode de nettoiement devait être aussi complet qu'efficace ; et la succession, pour ainsi dire instantanée, de l'eau la plus claire, la plus limpide, à cette eau si sale et si chargée de matières limoneuses, a rendu cette démonstration encore plus certaine.

Un autre effet, fort remarquable aussi, de ce Système de Filtrage a fixé l'attention et a fait l'objet de l'épreuve : c'est le retour de l'eau filtrée au point de départ, ou peu s'en faut, de l'eau sale : résultat singulièrement utile dans l'application, et dont les appareils de la Compagnie Française fournissent le premier exemple. Ainsi, de l'Appareil fixé sur le sol de l'établissement hydraulique du pont Notre-Dame, l'eau filtrée, produit de cet Appareil, est remontée, en présence des Assistans, au deuxième plancher supérieur, c'est-à-dire à environ 35 pieds du point de la filtration, et cela sans perdre notablement de son volume, et avec la seule réduction que comporte nécessairement la diminution de la charge à mesure qu'on se rapproche du point supérieur de départ des eaux.

Somme toute, nous le répétons, l'expérience en question a été complètement satisfaisante à tous égards, et des témoignages unanimes de cette satisfaction ont été donnés par l'assemblée, dans laquelle on a remarqué, entr'autres notabilités, MM. le Général vicomte de Rumigny; l'Amiral baron Hugon, Président du Conseil des travaux de la Marine; Besson, Président du Conseil-Général de la Seine; Michel, Président du Tribunal de Commerce; le Docteur Marc, premier Médecin du Roi, et un grand nombre de Membres, tant du Conseil-Général de la Seine que des Académies et du Corps Royal des Ponts-et-Chaussées.

M. le Ministre du Commerce, qui devait assister à l'expérience, et que les circonstances en ont empêché, en a fait exprimer ses regrets de la manière la plus flatteuse et la plus encourageante pour l'entreprise, « *à laquelle*, a-t-il dit, *il aurait aimé* »*à donner un témoignage de son intérêt, et au succès de laquelle* »*il serait heureux de contribuer.* »

On croit devoir placer ici un Extrait du Compte, également rendu par le *Constitutionnel* (N° du 5 juin), de la même expérience, comme contenant d'autres développemens non moins intéressans.

Voici cet Extrait:

..........« Après cette épreuve de qualité et de quantité, tout à la fois, a eu lieu celle du nettoiement.

» On sait déjà que les Filtres de la Compagnie Française jouissent du rare privilége de se nettoyer d'eux-mêmes, en quelque sorte, et de se perpétuer, par ce moyen, pendant un temps qui peut être très-long, sans avoir besoin d'être démontés, et sans obliger à remaniement ou renouvellement des matières: propriété on ne peut plus précieuse, en effet, de ces Appareils, et qui constitue, en très-grande partie, leur valeur industrielle, puisque l'un des plus grands obstacles à la rapidité de la filtration, par masses, est la dépense énorme de temps qu'exige la désobstruction des filtres ordinaires, de même que leur plus grand vice, peut-être, est la dépense d'argent qu'entraine la fréquence de cette nécessité de désobstruction. Dans l'épreuve en question, cette opération de nettoiement, dit spontané, des Appareils du nouveau Système, s'est faite, comme déjà à l'Hôtel-Dieu, en moins de cinq minutes, par l'effet, réellement très-curieux et presque inexplicable, au premier abord, des deux courans contraires, qui, introduits dans le Filtre par un jet subit de robinet, y produisent des chocs et des remous dont le résultat instantané est d'expulser et d'entrainer au dehors, par un tuyau de vidange, toutes les saletés et immondices que l'eau, en se clarifiant, a déposées dans les couches diverses des matières filtrantes. Tout extraordinaire que paraisse d'abord cet effet, si lucidement décrit, au reste, dans le savant rapport de M. Arago, il est ensuite facilement compris : le fait étant constant, il faut bien admettre sa cause, et il n'a pas été difficile de voir que, si quelques-uns des assistans étaient encore, avant l'opération, dans le doute sur sa possibilité, l'épreuve avait fait disparaître toutes les incertitudes et donné pleine satisfaction aux convictions les plus rebelles.

» Un troisième effet, très-remarquable aussi, des nouveaux filtres, a été éprouvé et constaté ; c'est la propriété qu'ils ont de remonter l'eau filtrée presqu'au point de départ de l'eau sale, sauf la diminution progressive et proportionnelle du volume, à mesure qu'on se rapproche de ce point de départ, et que, par conséquent, la pression ou charge d'eau diminue. Cette propriété est une conséquence nécessaire de la loi des niveaux en matière d'hydraulique, loi fort heureusement appliquée ici, car ce retour des eaux filtrées donne aux Filtres de la Compagnie Française un avantage capital pour le service, soit des grandes fabriques, où la dépense d'eau doit se faire dans des ateliers superposés, soit même des maisons particulières jouissant de concessions d'eaux municipales, et qui peuvent, à l'aide du système en question, avoir, avec un seul Appareil placé au rez-de-chaussée, une distribution permanente d'eau filtrée à tous les étages.

» Sous tous ces rapports, l'épreuve en question a été concluante, et l'on doit aujourd'hui considérer comme complètement résolue, par le fait et par l'expérience, la question déjà décidée, au reste, par la longue et habile vérification des commissaires de l'Académie des Sciences, de l'utilité et de l'efficacité du système nouveau, pour toute espèce de filtration sur une grande échelle, notamment en ce qui concerne les eaux publiques des villes et celles nécessaires à une foule d'industries, dont les manipulations exigent des eaux limpides et pures. »

№ 10.

Extrait du Journal des Débats, *du 4 septembre* 1839.

« Une Commission supérieure de la Marine Royale vient , en vertu des ordres de M^r le Ministre de ce Département , d'expérimenter dans la rade de Toulon à bord de la Frégate *la Thétis* en partance pour les Mers du Sud , un des Appareils de Filtrage établis suivant le Procédé Fonvielle auquel l'Académie des Sciences a donné il y a quelque temps son approbation sur le Rapport de Mr Arago. La Commission s'est déclarée complètement satisfaite de l'épreuve et a conclu à l'adoption de ce Procédé de clarification pour le service de bord de la Marine Royale. Un Appareil du même Système a été , d'après le desir de Mgr. le Prince de Joinville , mis à bord de la Frégate *la Belle Poule* , partie il y a quelques jours pour le Levant. La Frégate *l'Atalante* expédiée de Brest à Rio de la Plata sous le commandement du Capitaine Levaillant , a été également pourvue d'un Filtre de la Compagnie Française ; enfin, un Rapport émané de la Commission réunie à Rochefort d'après les ordres de M^r l'Amiral Freycinet, Préfet maritime et sous la présidence de Mr Pajol , Directeur des mouvemens du Port , a eu également à expérimenter dans le courant du mois dernier un Appareil semblable et a conclu en ces termes : « La Commission pense que *l'Appareil-Fonvielle* » est susceptible de rendre de véritables services au port de » Rochefort , aux Bagnes, aux Casernes, dans l'Hôpital et à bord » des Vaisseaux , etc. etc. »

» Ce concours de faits et de témoignages officiels, en même temps qu'il fait foi de la sollicitude éclairée et persévérante de l'Administration de la Marine pour tout ce qui touche à l'amélioration du sort de l'armée navale, ne peut qu'appeler de nouveau l'attention des Autorités municipales partout où se fait sentir le besoin d'assainir les eaux destinées à l'alimentation de nos villes de tout ordre. »

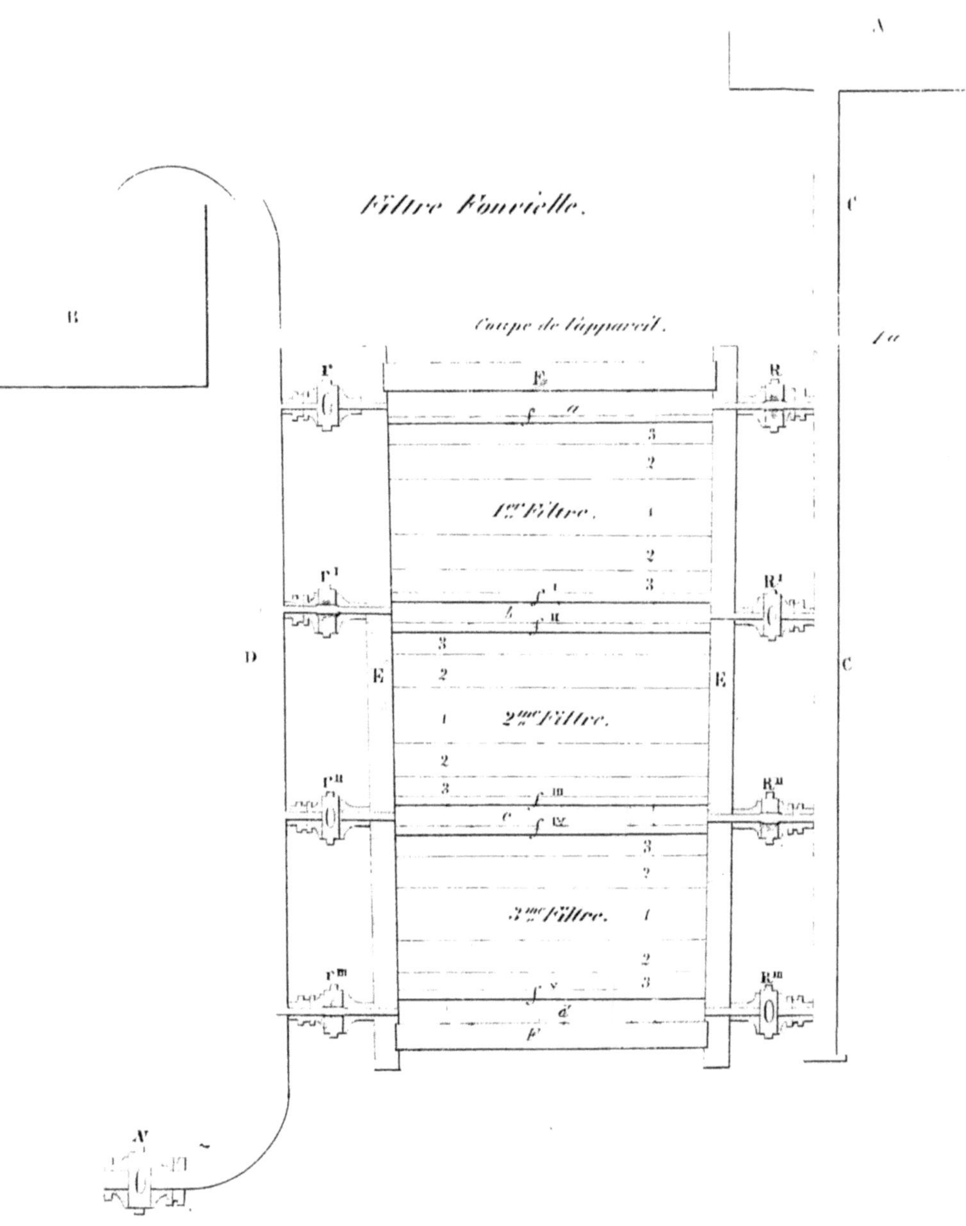

Filtre Fonvielle.
Coupe de l'appareil.
1er Filtre.
2me Filtre.
3me Filtre.
A
B
C
D
E